アーバンドラゴン

ゲリラ豪雨と神様

髙橋(たかはし) 宏美(ひろみ)

文芸社

ここは都心からはさほど遠くなく、通勤・通学に便利な周辺住宅地として発展しているベッドタウンです。空から見ると、山から急に平地となる地形で、山と平地の境には山に抱かれるようにして小さな池があります。山に降った雨が地下にしみこみ、その水が湧き出してできた池です。

池から流れ出た水は小川となり周辺の田畑を潤し、やがて大きな川に合流し、水道水や工業用水などの水源になっています。その後、川は多くの栄養を海に運び、たくさんの魚や生物が生息する豊かな海を支えています。川は山から海に至るまで人やさまざまなものと関わりながらバランスよく自然を保つための大事な役割を果たしています。

たとえ小さな池でも、豊かな自然環境を守るための一翼を担っている大切な池なのです。

この池には神様が棲んでいて、地域の人たちから「水神様」とよばれ、敬われています。水神様の仕事は、豊かな水を供給することで、人々のみならず、水を必要とする全てのものに貢献することです。そのために毎日水源となる森などをパトロールしています。水神様のおかげで豊かな水がもたらされることに感謝し、古くから住んでいる人たちは林業を通して山を健全に保ち、移住してきた人たちも里山の保全に協力してくれています。秋には池のほとりで収穫祭が開かれ、水神様への感謝と共に一年を無事に過ごせたことを喜びあいます。

といっても、人口がどんどん増えてきて、宅地開発のために田んぼはどんどん埋め立てられました。今では、都心から比較的近いのでたくさんの人が移住してきて、住宅地域では小川の底と両岸がコンクリートで覆われ、都心の排水路と同じようになってしまい、草木の生息場所が失われてきています。

しかし、池と住宅地の間にはまだ昔のままの自然や、田んぼや畑が残っています。

「あ〜あ。葦が消えて、カワセミやその他の生き物も少なくなってしまった。家庭の排水も流れ込んできて、どぶ川みたいになっちゃったなー。だけど地域の人たちの生活を守るために、一生懸命きれいな水を湧き出させ、そしてみんなが集えて心安らぐ環境を作ろう」

と水神様はつぶやきました。

『宅地開発地域内には、ビオトープ（生物の生息空間）なんて言って、小さな人工池を造り、周囲に葦などを植えた「憩いの場所」を売りものにしているところもある。ビオトープなどの人工的に作られたものを「自然との共生」とか言ってね。また、一度人の手が入った山林は、下草を刈ったり、間伐をしたりしてずっと手を加え続けないと健全な森林に育たないで荒廃してしまうことに気が付いていないんだよな。近くの高層団地内にもビオトープがあるけれど、やぶ蚊が発生したり、ブタクサが生い茂ったりして、朽ち果てたプチ庭園のようになっている。住民たちが「健康に良くない。埋め立てろ」なんて騒いでいる。自然の恵みを甘く見ちゃいけないよ』

と水神様は思いました。

ある夏の日のことです。水神様はいつものように夜明け前からこの池の水源となる山や森のパトロールをして帰ってきました。今日は南寄りの微風があり、朝から日差しが強く、昼ごろには気温も三十度を超えそうです。都心の方面では光化学スモッグが発生しそうです。

光化学スモッグとは、工場や自動車などから排出されたガスや煙の中に含まれている窒素酸化物や揮発性有機化合物（ガソリンやシンナーなど）が、太陽からくる紫外線に当たることで生成された二次汚染物質で「光化学オキシダント」という有害な気体のことです。この気体が空気の中で多くなってしまうと、人々の目を刺激したり、咳き込ませたりして、特に子供たちに健康被害を発生させたりします。

役所などでは、被害が出そうな状況になるとインターネットや防災無線で屋外スピーカーなどにより地域の人たちに注意を喚起します。なお、自動車などから一緒に排出される二酸化炭素は地球温暖化の原因のひとつにもなっています。

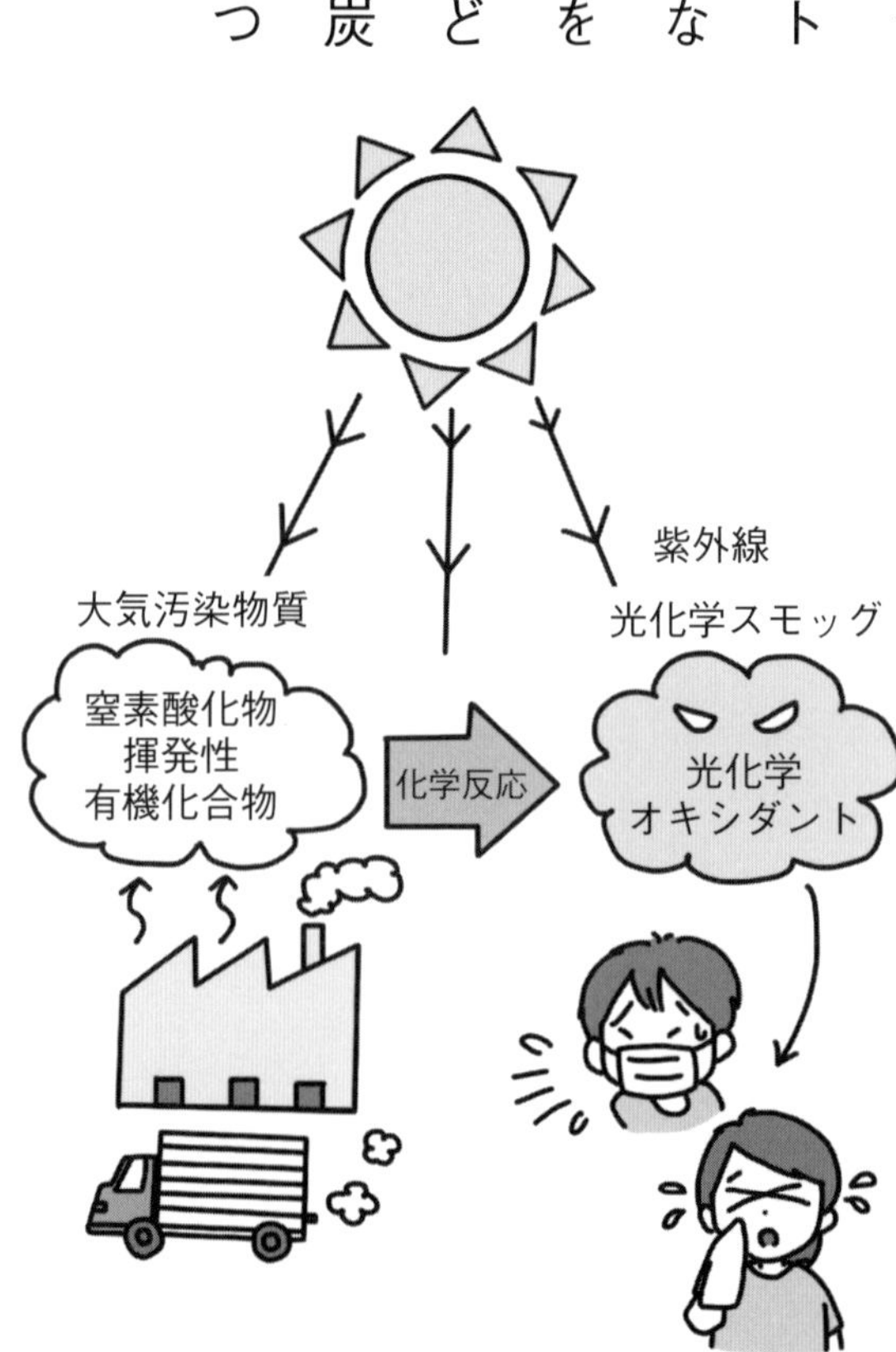

昼下がり、子供たちがお母さんと一緒に池にやって来ました。みんなずぶぬれになって遊んでいます。そしてそろそろお昼寝の時間。みんなが帰って行きました。

「子供たちが深みにはまらないように見守るのも一苦労だ。今日も大変だったな。みんなを無事に帰せてよかった。やれやれ」

と水神様はつぶやきました。

そして、ふと都心の方を見ました。ビル群にモヤがからみついています。太陽光により路面や建物の温度が急激に上がっているせいです。

大気の温度は上空に行けば行くほど低くなります。太陽の光で暖められた地表の空気は普通、上空の温度の低い空気に冷やされながらゆっくりと上昇します。

ところが、急激に暖められた空気は一気に上昇しようとします。

しかし、上空の温度の低い空気には、急激に暖められた高温の空気の塊を冷やして上空に逃がす力がないのです。

熱くなった空気はどこにも行けず、温度の低い空気にふたをされたような状態になり、地表近くに溜まっていきます。

都会では光化学オキシダントなどが生成されます。

それだけでなく、今日は南の方の海岸沿いにある工業地帯からも、健康被害を発生させそうな濃さの光化学オキシダントを含んだ空気が、灰色のモヤとなって都心の方に流れてきます。

「まずい、光化学スモッグが発生する」

水神様は、風を吹かせ光化学スモッグを吹き飛ばしてくれるよう風神様にお願いしました。

ところが……。

「無理だよ」

「あっ、風神様」

光化学スモッグ
注意報
発令中

「今日は上空の大気が安定している。それにお盆休み前で、人々が仕事を片付けようと一生懸命働いている。煙や排気ガスを出しながらね。あんな高温の空気の塊を自然の力で冷やして上空に拡散させることなんてできないよ。もう少しお日様が傾いてくれれば風を起こすよ」

『のんきだなー』

と水神様は思ったのですが仕方ありません。

人々は自分たちの生活を豊かにしようと、一生懸命働きます。そして、より快適な生活を求めるようになります。

『効率を求めるあまり、排気ガスのことは二の次なのかな。排気ガス対策は生産性に直接関係しないとでも思って、ないがしろにしているのかな。大切なものを見失っていないかな』

と水神様は思いました。

人が豊かさを求める行動は、自然環境等の保全などと相反してしまうことがあります。

『自然環境を壊すと、思いもよらない事態を引き起こしてしまう。無謀な土地開発も自然を壊すけど、大気汚染はもっと広い範囲に災害をもたらすことに人々はまだ気づかないのかな。いつになれば解決するのだろうか。川もカワセミたちが住める川に戻してくれないかな。自然は疲れた人々の心をいやしてくれるよ』

と思う水神様は少しさびしい気持ちになってしまいました。

今回は幸いにして、役所からの早めの注意喚起で光化学スモッグによる大きな健康被害はほとんど発生しなかったようです。

数年がたったある夏の日……。

水神様は一仕事終えて池に帰ってきました。

『今日も暑くなるぞ』

水神様はそう感じました。

昼過ぎには、内陸部で四十度に迫る気温になってきました。

ふと都心の方を眺めていると、ビル群がお椀をかぶされたような状態で陽炎に包まれています。太陽光だけでなく、自動車やビルからの冷房装置などからの排熱、建物等に蓄積された熱（輻射熱）も加わり、都市自体が大量の熱を生み出しています。

『あのお椀の中にものすごい水蒸気と熱が溜まっている。その熱がビルに沿って上昇している。エネルギーの塊ができている』

さらに、その熱の塊は都心のすぐ南に広がる湾や工業地帯からも熱と水蒸気をたっぷり含んだ空気を引き寄せています。

幸い、今日の南風には、光化学スモッグを発生させるほどのオキシダントは含まれていないようです。

都心の上空に発生した「かなとこ雲」

『もう日没が近いというのに、熱が下がる気配はない。この塊は上空への突破口を探している』

と直感した水神様は目を皿のようにして都心の上空を見つめます。

すると突然、お椀の上から白い雲が噴き出しました。水蒸気が急激に冷やされ水滴になり入道雲が形成され、太くなりながら一気に富士山の何倍もの高さにまで昇ります。

入道雲は平地から山の斜面に沿って大きく成長するというのが一般的です。しかし、この雲は違います。やがて、上空のさらに冷たい空気の層にぶち当たり、

行き場を失った雲は頂上部がかなとこ（金属の加工のときに使われる金属製の台）状になって横に広がっていきます。「かなとこ雲」の出現です。もはや入道雲と呼べないほどに成長した積乱雲です。

　雲の中では水滴が氷に変わり、上下に行ったり来たりして、ものすごい対流が起こっています。氷の粒はぶつかり合い、そのまま結合してどんどん大きくなって雹（ひょう）になります。大きいものではソフトボールぐらいの大きさになることもあります。

　そしてこのぶつかり合いや擦り合いで静電気が発生します。稲光、雷の発生です。

　かなとこ雲の中で大きくなった雹、水滴が雨となって地上に落ちてきます。地上は土砂降りです。最近では、突然現れてバケツをひっくり返したような激しい雨や雹を、比較的狭い地域に叩きつけてくることから『ゲリラ豪雨』と呼ばれています。落雷も発生し、停電も起きました。都心は真っ黒なベールに包まれ、そこへいくつもの稲光が走ります。

「あー、すげー。だけど尋常じゃないよな」

ゲリラ豪雨を発生させた積乱雲はしばらく都心の上に居座っていましたが、やがて内陸の方に移動し始めました。海からの南風に押されているためでしょうか。

……いや、積乱雲は内陸の上昇気流を取り込もうとしています。

「まずい。竜巻が起こる」

積乱雲はひとしきり雨を降らせましたが、まだまだ力があります。内陸の上昇気流を捉えると、雲がうずを巻き、漏斗雲ができ始めました。そして下に向かって細く伸びてきました。水神様は目を凝らして様子をうかがいます。

漏斗雲の下に伸びた細い部分は、やがて地上に達して竜巻となりました。雨を伴い地上の家の瓦や看板、自動車をもむしり取っていきます。

「見えた！」

水神様は竜巻の中に黒い竜の足を見ました。

「これほどの竜巻なのに降り竜として姿を見せず、足だけで地上のものをむしり取ってゆく。なんという大きさだ」

数分で竜巻は姿を消しました。やがて雨も上がりました。もうすっかり日が暮れました。竜巻が通った場所にいた人々は大丈夫だろうかと、水神様は心配でなりません。

『あのかなとこ雲はゲリラ雲だ。ゲリラのように突然現れて、容赦のない雷と雹を伴う豪雨を叩き込む。あの雲の中にいる黒い竜を捕まえて止めさせねばならない。僕にできるだろうか』

水神様はゲリラ雲の中にいる黒い竜に思いを巡らせました。

「水神、なにを悩んでいるんだ」

「あっ、風神様」

「不思議に思うのもわかるよ。やつには風神も雷神もついていないようだ。全て自力でやっている。容赦なく地上を荒らすはずだ」

「えっ。風神様も容赦なく暴れるじゃないですか。雷神様なんて子供の『へそ』を取っちゃうじゃないですか」

「ばっ、馬鹿な。俺がそんなことをすると思うか?! 雲の中で放電して雨のみを降らせるようにしているんだ。なるべく短い時間で地上の熱を冷ます。田畑に休息を与える。熱を持ったビルやアスファルトも冷やす。雨上がりには虹もプレゼントする。

気温が下がるから、へそを出して昼寝をしているとおなかが冷えて痛くなっちゃうことを親たちが『雷様にへそを取られるぞ』って子供に言うからそうなっちゃったんだ。俺は子供たちの『へそ』なんか取ったりしないぞ。風評被害はやめてくれよ」

「おみそれしやした、雷神様」

夏休みが終わり、子供たちは学校が始まりました。まだまだ厳しい残暑が続きます。大型の台風も来ました。以前であれば、日本の南西の地域までにしか来られなかった台風が、低い気圧のままで本州に上陸するようになりました。まるで水神様のいる地域が亜熱帯気候になってきたみたいです。

ある日のことです。水神様は近くの田んぼの稲が実り、頭（こうべ）を垂れているのを見てうれしく思いました。

「今日も残暑が厳しくなりそうだ」

季節は動いているのにまだ日中に秋の気配は見えません。

昼過ぎ、ふと都心の方を見ると黒い霞がお椀を伏せたような格好でビル群を覆っていることに気づきました。その中は異様な湿気と熱でパンパンになっています。人々の動きも物流も盛んで、どんどん熱を発生し続けています。

『あれ。しばらく姿を見せていなかった黒い竜が現れそうな気がする』

夕方になりました。

『この前と同じだ。都心はものすごい熱の塊の中にある。上空の冷たい空気のふたがはち切れそうになっている』

と、水神様が思ったそのとき、ビル群の上空に高温多湿のジェット気流が噴き上がりました。あっという間に入道雲ができて一気に成層圏近くまで上昇し、平らに広がります。みるみるうちにかなとこ雲は太くなり、その中で雷が発生しています。

「ゲリラ雲だ！」

ゲリラ雲はすぐさま、落雷を伴ったゲリラ豪雨を地上に叩き込んできました。

地上ではマンホールから水が噴き出し、都市型洪水が起こり始めます。

『黒い竜がいるはずだ。なんとかこちらに引き寄せられないだろうか』

水神様のいる池の周辺では、まだ夏空が広がっています。

『そうだ！　お日様に頼んで、こちらに引き寄せてもらおう』

水神様は思いました。そこに風神様が現れました。

「あっ、風神様。どうするんですか」

「水神の水源になっている山にエネルギーをもらって、上昇気流を発生させよう。きっとやつは俺たちが作る上昇気流を見つけて取り込みに来る」

「お日様のエネルギーを受けて水蒸気たっぷりの上昇気流ができるように木々もみんな協力してくれるよ」

山の神様が教えてくれました。

「お日様。僕たちに力をください」

水神様はお日様にお願いしました。

お日様は神様たちに強烈な光を降り注ぎました。山からはたくさんの水蒸気と強烈な上昇気流が発生し、風が起こります。

「おれ一人じゃできない風だ」

風神様は喜んで風を集めます。

「おい。お前が木を倒したり、災害を起こしちゃだめだぞ」

そう言いながら雷神様が現れました。

「なに言ってんだ。お前こそ雷を落として地滑りを起こすなよ」

風神様と雷神様のやり取りを聞きながら、山の神様、そして水神様は都心のゲリラ雲を見つめます。


すると突然、竜神様が現れました。神様たちのいる池の方から都心のゲリラ雲の方に飛んでいきます。竜神様が飛び去った跡には上昇気流帯ができました。上昇気流帯とその周囲にはわずかな気圧の差があり、ゲリラ雲を引き寄せるための回廊になるのです。

「竜神様がゲリラ雲を誘導する道を作ってくれた。ありがたい」

ゲリラ雲は竜神様が作った上昇気流の道を見つけたようです。ゆっくりとこちらに向かって来ます。相当雨を降らせて細くはなってきていますが、お日様やみんなが作った上昇気流を取り込もうと、弱りながらも水神様たちがいる山の方に近づいてきます。

「ここまで来そうだ」

神様たちはゲリラ雲の動きを、息を凝らして見つめます。

ゲリラ雲は雷を発生させず、エネルギーを温存しているようです。

「なに?!　こいつはまだ竜巻を起こそうとしている。なんてやつだ」

風神様は言いました。

「黒い竜は『降り竜』になって降りてくるぞ」

水神様は直感しました。

「漏斗雲だ」

それは、みるみるうちに地上に達しました。竜巻の発生です。

水神様は竜巻を注視します。

「見えた!　やつだ」

黒い竜が現れ、地上を破壊します。しかし、竜巻をまとっていて全身までは見ることができません。

「やつはよっぽど苦しいのだろう。のたうちまわっているようだ。どうしても水蒸気をたっぷりと含んだ上昇気流が欲しいようだな」

山の神様はそう言いました。そして黒い竜に気づかれないよう風神様と雷神様とともに山に隠れました。

その直後に黒い竜が水神様の目の前まで来ました。まだ地面を足でつかんでいます。

次の瞬間、竜巻をまとったまま黒い竜は昇り竜となり上昇気流に飛びかかりました。

「今だ！」

水神様は竜の足にしがみつきます。そして地上に引きずり下ろそうとしました。

「なにをする！」

郵便はがき

差出有効期間
2025年3月
31日まで
（切手不要）

160-8791

141

東京都新宿区新宿1－10－1
（株）文芸社
愛読者カード係 行

ふりがな お名前		明治 大正 昭和 平成　年生　歳
ふりがな ご住所	□□□-□□□□	性別 男・女
お電話 番　号	（書籍ご注文の際に必要です）	ご職業
E-mail		

ご購読雑誌（複数可）	ご購読新聞 新聞

最近読んでおもしろかった本や今後、とりあげてほしいテーマをお教えください。

ご自分の研究成果や経験、お考え等を出版してみたいというお気持ちはありますか。

ある　　ない　　内容・テーマ（　　　　　　　　　　　　　　　　　　）

現在完成した作品をお持ちですか。

ある　　ない　　ジャンル・原稿量（　　　　　　　　　　　　　　　　）

書　名			
お買上 書　店	都道　　市区 府県　　郡	書店名	書店
		ご購入日	年　月　日

本書をどこでお知りになりましたか?

1.書店店頭　2.知人にすすめられて　3.インターネット(サイト名　　)

4.DMハガキ　5.広告、記事を見て(新聞、雑誌名　　)

上の質問に関連して、ご購入の決め手となったのは?

1.タイトル　2.著者　3.内容　4.カバーデザイン　5.帯

その他ご自由にお書きください。

(　　)

本書についてのご意見、ご感想をお聞かせください。

①内容について

②カバー、タイトル、帯について

弊社Webサイトからもご意見、ご感想をお寄せいただけます。

ご協力ありがとうございました。

※お寄せいただいたご意見、ご感想は新聞広告等で匿名にて使わせていただくことがあります。

※お客様の個人情報は、小社からの連絡のみに使用します。社外に提供することは一切ありません。

黒い竜が叫びます。

言うが早いか、山の神様が胴体にしがみつきます。黒い竜の動きが止まりました。

すかさず風神様が黒い竜の頭に袋をかぶせます。

「おとなしくしろ！」

風神様は、袋の中にある冷気を勢いよく吹き付けます。熱をエネルギー源としている黒い竜にとって冷気は最大の脅威です。

「やめろー！」

その声を聞くやいなや雷神様が連鼓（れんつづみ）（雷の音を出す太鼓が環状につながったもの）を黒い竜の首にかけて黒い竜の動きを止めました。

「やはりこいつは風神も雷神も伴っていない。雷も風も全てひとりで発生させている。こいつは神か!?」

雷神様は自らが雷となり山の中腹に黒い竜とともに落ちてきました。

この衝撃で山の斜面は崩れ、土石流が発生しました。山の神様は暴れる黒い竜を山にねじ伏せるのに精いっぱいです。

「まずい」

水神様は黒い竜の足から手を放し、土石流を全身で受け止めます。田畑、道路に足をかけて踏ん張ります。民家のわずか手前でなんとかせき止めることができました。

そのとき竜神様が再び現れました。太陽を西の空に隠し、上昇気流を消し、水蒸気を吹き飛ばし、黒い竜のエネルギーを断ちました。

黒い竜はみるみる力を失っていきました。そして全身の姿があらわになりました。

山の神様は崩れた山の斜面に黒い竜をねじ伏せました。

「おとなしくしろ。さもなくば背骨をへし折るぞ」

黒い竜はおとなしくなりました。風神様、雷神様は手を離しました。

金属の鎧(よろい)のようなものをまとったまだ若い黒い竜です。すっかり観念したようで、山の神様の前にひれ伏しました。

山の神様が問いかけます。

「お前の名は」

「アーバンドラゴン」

「どこから来られた。なぜ暴れる」

「僕は人々と一緒にいる。自分にはわからないパワーが僕に入り込んでくる。体が熱くなり地下にいられなくなって、地上に飛び出した。地上ではさらにパワーが注ぎ込まれる。新鮮な冷たい空気を吸いたいが、ばい煙に満ちた熱風しか存在していない。僕は冷たい空気を求めて空高くに昇るしかない。それに煙突や車などから出る熱、道路やビルなどから出る輻射熱が僕を押し上げるんだ」

そして、黒い竜は思いの丈を語り続けます。

「僕はもともと人々のそばにいる。早く地上に帰りたい。帰るためには上昇気流を振り払い、全てを地上に払い落とさなければならない。だけど、上昇気流が止まらない。僕は雨や雹に囲まれる。冷えて下降する気流と地上から来る上昇気流、そして気流の中にできた雹などがぶつかり合うことで摩擦を起こし、雷を発生させてしまう。雷は激しさを増し、雲の中にとどめおくことができなくなる。僕は両手両足を使って雷を捕まえようとするが捕まえきれない。僕は地上に帰るために足で地上にある家や車をつかむけれど上昇気流によって引き戻されてしまうんだ」

以前、水神様が竜巻の中に黒い竜の足を見ました。あれは地上に帰りたいと黒い竜が必死にもがいていた姿だったのです。

「自分の力ではどうにもならない。僕にまとわりつく上昇気流を誰かに振り払ってもらうしかない。僕は一生懸命風神様、雷神様を探しまくる。だけど見つからない。誰も助けてくれない。

僕はこのまとわりつく黒い雲を払うためにパワーを求めてしまう。

ハッと気づいて我に返ると、僕は都心の地下にいる。僕の家は水浸しでごみの山だ。人の命をうばってしまうようなこともしているみたいだ。暗い中で一人で途方に暮れる。だけど人々は僕を必要としてくれている。僕は一生懸命きれいにするんだ」

山の神様は黒い竜に静かに話しかけました。

「都心からここまでよく来られました。さぞ苦しかったでしょう」

「はい。でも竜神様が『お日様の方へ』と言われました。そして、暖かな道を敷いてくださいました。お日様はほほえんでくれました。いつも都心の地下にいる僕はとてもうれしくてうれしくて、お日様に飛びつきました。そうしたらみなさんに会うことができたのです」

そう言い終えると、黒い竜は白い作務衣を着たとても可愛らしい男の子の姿に変わっていました。

「よくわかりました。厠神様」

「えっ、僕のことを知っているのですか」

「はい。私の守る山の中にも厠神様はおられます。厠神様は毎日人々に寄り添い、人々の営みから出てくる汚物や排水などを浄化し、川や海にお戻しになる。そして水は天に昇りまた我々のもとに戻ってくることができる。その尊く困難なお仕事をされている厠神様に我々は感謝しています」

「ありがとうございます」

「ゲリラ豪雨は地球温暖化によるものでしょう。近年の温暖化現象は人間の傲慢が大きな要因のひとつと言えるでしょう。人々に寄り添い、人々を救おうとする厠神様の心の内にアーバンドラゴンが入り込んだ」

「どういうことですか？」

水神様は山の神様に聞きました。

「人々は豊かな暮らしを求める。そのためには産業の発展が必要で、その過程で工場や自動車、発電所など、いろいろな場所から大量の温室効果ガスが発生する。ガスはその町や地域や国だけでなく、地球全体に広がり、干ばつや大雨を引き起こすなど、環境破壊を生む原因ともなる。人間は、自分たちがしていることが、自然に配慮しない傲慢な行為であり、環境に悪影響を与えていることを知っている。それでも対処をせずに怠惰（たいだ）を決め込んでいる。人間のこの荒（すさ）んだ心がアーバンドラゴンの正体なのだ。人間が作り出した夜叉（やしゃ）（鬼の神様）なのだ」

「でも、僕にアーバンドラゴンが入り込んだということは、僕に隙があったの？」

厠神様は涙を流しました。

「そうではありません。アーバンドラゴンは人間を痛めつける自分をそうさせない自分に変えてもらおう、浄化してもらおうと、厠神様に助けを求めたのです。厠神様はあらゆるものを浄化することができます。

ですからあなた様を頼ってあなた様の中に入り込むのも無理はない」

「またアーバンドラゴンが来たらどうしよう」

「アーバンドラゴンは人間の傲慢と怠惰が作り出した夜叉ですが不浄ではない。これを知った厠神様にもう近づくことはできません。神にとって夜叉は人間の心の影であり、実像ではない。ただし、空(くう)ではあるが無ではない。竜としての心は持っています」

「アーバンドラゴンはこれからも人々を苦しめ続けるの？」

「仕方がない。人間が作り出した夜叉は人間が改心しない限り消えることがない」

続けて水神様は、山の神様にたずねました。

「アーバンドラゴンには風神様や雷神様がついていないって風神様が言ってたけど、どうして雷や竜巻を起こすことができるのですか？」

「それは、人間の傲慢と怠惰の根深さの表れだ。人間が改心するまで続くことになる。自然に配慮せず、目先の発展だけを優先している傲慢な人間に怒ったアーバンドラゴンが、文字通り『雷を落とす』ということだ」

「俺たちは人間が作り出してしまった夜叉から呼ばれる筋合いはないからな」

風神様はつぶやきました。

「厠神様の不浄を浄化させようとする仕事、また、心の広さには感服します。しかし、地球温暖化の原因を浄化させるのは、神である我々みなが対応しなければならない仕事です。私の山の中にも、温室効果ガスである二酸化炭素を排出しないクリーンなエネルギーを生み出す太陽光発電設備が造られています。

ただ残念なことに、目先の利益を優先するあまり、無秩序に森林の木々を切り倒して建設した設備などがあります。そこでは雨が降れば土が流れ出すなど、環境にとってはかえって悪影響を及ぼし、自然を守ることと逆行しているような事業もあるように思えます。

そんな中で、厠神様の人々のために力を尽くされているお姿には敬服しております。我々もあなた様を必要としています」

「そう言っていただき、心が落ち着きました」

「困ったことがあったら川を伝ってここにお越しください。いつでも歓迎します。さあ、早く都心に帰って人々に寄り添ってください」

「ありがとうございます」

厠神様は水神様が守る池から流れ出る水に溶け込んでいきました。

「水神様。僕はあなたのお母さん、弁天様のことをよく知っているよ」

と言って消えていきました。


「厠神様って、トイレの神様のこと？」

「そうだ。私の山の中にもおられる。厠神様は不浄を浄化させ、人々を厄害から守ることが自分に与えられた仕事と信念を持っておられる。あの方は、都心の下水道におられる厠神様だ。守備範囲は都心だけでなく、もっと広域に及んでいる」

山の神様は、厠神様が帰って行った都心の方を見つめながら水神様に教えてくれました。

「厠神様は両手両足を使って、不浄を一手に引き受け、感染症を防ぎ、人々の健康を保つための生活環境保全に欠くことのできない神様だ。絶対に無くてはならない困難な仕事に全身全霊を込めて従事している。最も我慢強い神のお一人だ。

我々にとってもいていただかなければならない尊い神だ。だが、厠神様にこのような災いを発生させてしまう、竜にしてしまうとは……。人々が自分たちのわがままで引き起こす地球の温暖化。『人の業』というやつか。それが引き起こす結果は神をも狂わせてしまうのか。本来のあるべき振る舞い……、早く人間に気づかせねば……」

「山の神様はどうして厠神様ってわかったの？」

「竜巻の中に竜の足が見えたときだよ。あれだけ足を器用に使える神は、厠神様以外にはなかなかいない。我々はいろいろな仕事をしている。雨の恵みをきれいな水にして豊かな生活のために人々に供給する。これは大事な仕事だ。厠神様は糞便などの不浄から人々の健康を守る仕事を第一としている。同時に生活排水などから食べかすや洗剤などの汚れを取り除き、人が利用できて、豊かな自然を育むことができる状態にしてくれる神で、水循環の中において欠かすことができない仕事をしている。水神のお母様をよく知っているというのはそういうことだ」

そうだったのか、と水神様は、しばらく会っていないお母様のことを思い出していました。

「台風は、はるか南の熱帯地域で発生し、しだいに発達する。その後、北上するにつれて勢力は衰えてくる。しかし、近年では、強い勢力を保ったまま北上し、私たちのいる日本のような温帯地域まで来るようになった。世界各地で人々に大変な被害を与えるようになり、〝ハイパーハリケーン〟とも呼ばれ恐れられている。これは因果応報（悪い行いをすれば悪い報いがあるということ）。人々は気づくだろうか。我々は人々に気づかせ、人々を守ることができるだろうか。いや、そうしなければならない」

「俺も風を起こして風車を回すけど、昔ながらの風光明媚な山々の尾根や砂浜などに風力発電……。……どうかね」

風神様はさびしそうにつぶやきました。

しばらくしたある日、里山の在り方を学ぶために小学生が水神様の池を訪れてくれました。引率してきたのは、小さいころ水神様の暮らすこの池の中に落ちたことがあるコウちゃんです。今では学校の先生をしています。小学校の校外学習では、水辺の環境がどうなっているのかを子供たちに実際に見せながら、環境保全の重要性を教えることが増えてきました。

「この池を見てください。ここに湧き出した水は、川になり、水田や上水道などで使われる水源になります。みなさんの家の飲み水になったり、トイレやお風呂で利用され、また、工場などでも利用されています。それらから出た排水は下水処理場などできれいにされて、川や海に返されます。そして太陽光のエネルギーなどにより蒸発をして雲ができ、雨となり地上に降り、山にしみこみ、地下水となって池の水源となり、またみなさんに利用されることになります。これを『水循環』といいます」

水神様は、コウ先生の説明をうなずきながら聞いています。もちろん、コウ先生や子供たちからは水神様の姿は見えません。

「これは、自然界の中で行われていることですが、今は、人間が便利で豊かな生活をするために、たくさんの熱や炭酸ガスを発生させたりして地球の温暖化を招いています。そうすると地球が太陽エネルギーを溜め込んだり、水を必要としている地域から水を蒸発させてしまったり、局地的に大雨を降らせ、洪水を引き起こしたり、いろいろな災害を生んでいます。また、都会周辺で発生する『ゲリラ豪雨』も都会からの異常な熱が影響しているといわれます。みなさんの行いが地球環境に直接影響を与えている、と考えられます。ということは、みなさんの行動により、健全な環境を取り戻せることでもあります。さあ、みんなでできることを考えましょう」

子供たちからはたくさんの提案や意見が出ました。誰も他の意見をさえぎりません。どんな意見でもみんな聞き入っています。

「ここで否定をしてはアイデアが集まらないからね」

と水神様はつぶやきました。

しばらくすると、意見が出尽くしたようです。今度はひとつひとつの提案をみんなで実現できるか、より良くできないかなどと話し合っています。今できること、これからできるようにすること……。

「この子たちの真剣な考えが実現できれば地球は安泰だ」

と、お日様もニコニコです。

「ブレインストーミングだね。コウ先生えらいぞ！」

「えっ、僕のことを誰か呼んだ？」

「今日のことを、コウ先生のことを山の神様、風神様、雷神様に伝えてこよう。そして竜神様、厠神様にも」

水神様は今日も人々の暮らしを守るために山を回り、池を守り一生懸命に働くのでした。

あとがき

この物語は、全地球的に発生している環境に関する事象の一つを身近なものとして感じ取ってもらおうとの思いで書いたものです。言葉が難しいかもしれません。また、正確さにかける部分もあると思いますが、読者の科学する心に少しでも残るものがあり、より詳しく知りたい気持ちになって、環境について自分自身で調べてもらえるようになれば幸いです。

地球環境に影響をあたえるものはさまざまあると思います。人間もその要因の一つです。特に、地球温暖化に対する人間の関わりは非常に大きいものがあります。であれば、それを元のような状態に戻すことができるのも人間です。地球環境、自然環境を守るということは、実は私たち人間を含め全ての生き物の命を守ることにつながっていると思います。

坂道なつさん、文芸社さんは、小学生の心に届くような本に仕上げてくれました。感謝いたします。

最後に、元の職場の先輩栗村嘉明氏からは、科学的な事象を子供たちのための物語となるよう、ご指導をいただきました。この場を借りて御礼申し上げます。

令和6年2月　　髙橋　宏美

著者プロフィール

髙橋 宏美（たかはし ひろみ）

千葉県出身、在住。
千葉工業大学卒業。元地方公務員。

著書
『池の神様』（2022年8月、文芸社）
『ターミナル』（2023年1月、文芸社）

挿絵及びカバー絵／坂道 なつ

アーバンドラゴン ゲリラ豪雨と神様

2024年5月15日　初版第1刷発行

著　者　髙橋 宏美
発行者　瓜谷 綱延
発行所　株式会社文芸社
〒160-0022　東京都新宿区新宿1－10－1
電話　03-5369-3060（代表）
03-5369-2299（販売）

印刷所　図書印刷株式会社

ISBN978-4-286-24501-0